Morro do Isolamento

RUBEM BRAGA

Morro do Isolamento

São Paulo
2018

global

© Roberto Seljan Braga, 2017
7ª Edição, Global Editora, São Paulo 2018

Jefferson L. Alves – diretor editorial
Gustavo Henrique Tuna – editor assistente
André Seffrin – coordenação editorial
Flávio Samuel – gerente de produção
Flavia Baggio – coordenação de revisão
Jefferson Campos – assistente de produção
Alice Camargo – revisão
Eduardo Okuno – projeto gráfico
Victor Burton – capa

Obra atualizada conforme o
NOVO ACORDO ORTOGRÁFICO DA LÍNGUA PORTUGUESA.

CIP-BRASIL. CATALOGAÇÃO NA FONTE
SINDICATO NACIONAL DOS EDITORES DE LIVROS, RJ

B796m
7. ed.

    Braga, Rubem, 1913-1990
       Morro do Isolamento / Rubem Braga. – 7. ed. – São Paulo: Global, 2018.

    ISBN 978-85-260-2435-9

    1. Crônica brasileira. I. Título.

18-50329   CDD:869.8
                                       CDU:82-94(81)

Meri Gleice Rodrigues de Souza – Bibliotecária CRB-7/6439

Direitos Reservados

global editora e distribuidora ltda.
Rua Pirapitingui, 111 – Liberdade
CEP 01508-020 – São Paulo – SP
Tel.: (11) 3277-7999 – Fax: (11) 3277-8141
e-mail: global@globaleditora.com.br
www.globaleditora.com.br

Colabore com a produção científica e cultural.
Proibida a reprodução total ou parcial desta obra sem a autorização do editor.

Nº de Catálogo: **4373**

Nota da Editora

Coerente com seu compromisso de disponibilizar aos leitores o melhor da produção literária em língua portuguesa, a Global Editora abriga em seu catálogo os títulos de Rubem Braga, considerado por muitos o mestre da crônica no Brasil. Dono de uma sensibilidade rara, Braga alçou a crônica a um novo patamar no campo da literatura brasileira. O escritor capixaba radicado no Rio de Janeiro teve uma trajetória de vida de várias faces: repórter, correspondente internacional de guerra, embaixador, editor – mas foi como cronista que se consagrou, concebendo uma maneira singular de transmitir fatos e percepções de mundo vividos e observados por ele em seu cotidiano.

Sob a batuta do crítico literário e ensaísta André Seffrin, a reedição da obra já aclamada de Rubem Braga pela Global Editora compreende um trabalho minucioso no que tange ao estabelecimento de texto, considerando as edições anteriores que se mostram mais fidedignas e os manuscritos e datiloscritos do autor. Simultaneamente, a editora promove a publicação de textos do cronista veiculados em jornais e revistas até então inéditos em livro.

Ciente do enorme desafio que tem diante de si, a editora manifesta sua satisfação em poder convidar os leitores a decifrar os enigmas do mundo por meio das palavras ternas, despretensiosas e, ao mesmo tempo, profundas de Rubem Braga.

Dedicatória

Dedico este livro aos companheiros do *Correio do Povo* e da *Folha da Tarde* e aos amigos de Porto Alegre, com um forte abraço de gratidão.

Esta é a minha dedicatória a favor, mas como andamos em tempo de guerra quero fazer uma dedicatória contra. E comece por Hitler, mas não fique nesse grande cão escandaloso nem nos que latem e mordem de sua banda. Atinja, aqui e ali, todos os que, no claro ou no escuro, trabalham mesquinhamente contra o amanhã. Aos carniceiros prudentes e às velhas aves de rapina barrigudas e todavia insensatas; aos construtores de brejos e aos vendedores de água podre; aos que separam os homens pela raça e pelos privilégios; aos que aborrecem e temem a voz do homem simples e o vento do mar; e aos urubus, aos urubus!

R. B.

Nota

As cinco primeiras crônicas deste livro – "Carnaval", "Palmiskaski", "Almoço mineiro", "Morro do Isolamento", "O homem do quarto andar" – foram publicadas nos Diários Associados em 1934 e 1935.

"Reportagens" saiu na *Folha do Povo* do Recife, em 1935; "A lira contra o muro" apareceu em 1937, na revista paulistana *Problemas*, sob outro título; "Em memória do bonde Tamandaré" na *Revista Acadêmica*, do Rio, em 1937; e "Mar" no primeiro número da revista *Mar*, de Santos, em 1938.

As cinco seguintes – "A senhora virtuosa", "O número 12", "Dia da Raça", "Muito calor" e "Cafezinho" – apareceram em 1938 e 1939 no *O imparcial*, do Rio. Não tinham esses títulos. O autor fazia naquele jornal uma nota diária intitulada "Grifo 7", sob o pseudônimo de "Chico".

"Crime de casar" e "A casa do alemão" saíram em 1939 na *Folha da Tarde*, de Porto Alegre, onde o autor assinava uma crônica diária.

As quatro crônicas restantes – "Coração de mãe", "Nazinha", "Os mortos de Manaus" e "Temporal de tarde" foram publicadas no Suplemento em Rotogravura de *O Estado de S. Paulo*, nos anos de 1939, 1940 e 1941. A primeira foi escrita originariamente para a *Revista do Clube de Regatas Flamengo*, do Rio; na rotogravura apareceu um pouco alterada sob o título "Intermezzo".

Sumário

Carnaval   17

Palmiskaski   20

Almoço mineiro   23

Morro do Isolamento   26

O homem do quarto andar   28

Reportagens   32

A lira contra o muro   34

Em memória do bonde Tamandaré   38

Mar   42

A senhora virtuosa   45

O número 12   47

Dia da Raça   49

Muito calor   51

Cafezinho   53

Crime de casar   55

A casa do alemão   58

Coração de mãe   61

Nazinha   67

Os mortos de Manaus   70

Temporal de tarde   76

# Morro do Isolamento

Carnaval

 Incipiente alegria na tarde carnavalesca. Os sambas passam nos automóveis abertos. Um vento beija a avenida larga, tremula nas serpentinas, rodopia nos confetes, caminha na voz das cantigas. As moças lindas, em fantasias de cores vivas e leves, vão com os cabelos alvoroçados pelo vento. Meu amigo comprou duzentos gramas metálicas. Andou pelas ruas que se animavam. Encheu os bolsos de confetes. Foi andando...
 E na boca da noite vieram cordões, ranchos, blocos, bandos. A multidão encheu as ruas que a noite engoliu. Mas as luzes rebentaram de todos os lados e a garganta da massa se abriu em delírio. Meu amigo foi andando. Apertou-se entre homens excitados e mulheres que cantavam e riam. Entrou na confusão das raças irmanadas pelo prazer comum da carne. Alguém lhe jogou confetes na boca, lança-perfume nos olhos. Uma serpentina bateu em seu nariz. Um reco-reco gritou em seu ouvido. Foi andando. Um automóvel do corso quase o esmagou. Um bloco o arrastou pelo meio da massa, com a força inelutável de uma corrente marinha. Uma mulher qualquer cantou à toa, para ele, uma frase de samba. Jogou um pouco de confetes no cabelo da mulher. Jogou-lhe éter no corpo. Ela defendeu-se e riu. Depois desapareceu, arrastada. Meu amigo foi andando. Tinha um cravo na lapela, um cravo que tirara da mesa do restaurante. Uma moça pediu a flor. Ele a encharcou de éter e fez presente. Foi andando. Automaticamente cantou sambas e marchas. Teve mil pequenas aventuras inconsequentes e rápidas. Um homem bêbado quis arrebatar

o lança-perfume de sua mão. Foi andando. No meio de uma confusão, recebeu e distribuiu socos e empurrões sem saber de quem, para quem, por quê, nem para quê.

Meu amigo entrou no baile. Agarrou-se ao ombro de uma mulher e foi no cordão, dançando, cantando, suando. Repetiu três vezes com o mesmo par a marchinha do momento. Apaixonou-se de repente por uma fantasia, por um corpo, por uma risada. Bebeu.

Meu amigo foi a outro baile.

De madrugada, meu amigo saiu pela rua vazia, sem programa. Passavam os foliões cansados, as mulheres mais belas pela fadiga e pelo suor. Um homem grisalho carregava pelo braço uma adolescente que se queixava de dor nos pés. Meu amigo arranjou uma mulher: a mulher que sempre aparece. A mulher que não vimos na rua nem no baile e que aparece na mesa do bar ou do restaurante, no último instante. Esguichou seu último lança-perfume nos braços e nos seios da mulher. Jogou os últimos confetes em seu cabelo. Ela repetiu um samba mil vezes repetido.

Foram. No caminho, meu amigo parou. No canto da calçada, um menino sujo e esfarrapado dormia. Dormia sobre um saco de estopa cheio de serpentinas que juntara para vender. Pararam. A mulher disse: coitadinho... Meu amigo olhou em silêncio o menino que dormia. Sentiu pena. Olhou a mulher. Balançou a bisnaga. Ainda havia um resto de éter. Jogou na perna da criança, que acordou assustada. A mulher disse: você é ruim! coitadinho... A criança ficou olhando estremunhada, resmungou um xingamento e tornou a dormir. Meu amigo jogou a bisnaga no asfalto. Sentia-se bêbado. Apertou a mulher contra seu corpo e mandou parar um automóvel que passava. No apartamento, antes de deitar-se, olhou-se no espelho do guarda-roupa. Fantasiado. Exausto. Beijou a mulher na boca como se beija uma noiva. E pensou desanimado: eu sou um folião. Evoé!

São Paulo, fevereiro, 1934

Palmiskaski

Tarde de domingo em São Paulo é tão longa, tão larga e tão cacete como em qualquer lugar. Fica um pouco de gente banzando pelas ruas, e o resto banzando dentro de casa. Uns vão à matinê de cinema, outros ao futebol. Um guarda-civil não pode fazer, estando de serviço, nem uma coisa nem outra.

Assim, domingo à tarde, em uma rua de São Paulo, havia um guarda-civil que não tinha nada que fazer. Os automóveis passavam honestamente, sem atropelar ninguém. Nenhuma briguinha. Nada. Que vida mais triste de guarda-civil! Ficar no meio da rua, à toa, quando não acontece nada, numa tarde de domingo.

Finalmente aconteceu alguma coisa, uma coisa sem importância. Aconteceu um mendigo.

O guarda-civil pensou:

— Lá está um homem doente pedindo esmola. É um sujeito magro vestido de molambos. Vou prender aquele sujeito.

Prendeu. Um guarda-civil, quando não tem nada o que fazer, prende um mendigo. Afinal de contas, é preciso prender alguém. A função de um guarda-civil é prender. Se ele é um funcionário honesto, não deve passar o dia todo sem prender ninguém. Os escoteiros devem praticar todo dia pelo menos uma boa ação. Os guardas-civis devem prender todo dia pelo menos um sujeito.

Prendeu. O mendigo não protestou. Foi andando para a polícia, todo recurvo, muito recurvo, coitado.

A polícia é uma gente horrível, quer saber de tudo. Quis saber o nome do pobre-diabo.

— Miguel Palmiskaski.

— Por que é que você tira esmola, seu vagabundo?

— Tenho fome...

A polícia quis saber onde é que o mendigo morava, sua idade e nome de seus pais, estado civil etc. etc... Miguel Palmiskaski foi respondendo na calma.

A polícia não teve pena daquele pobre-diabo tão curvado, tão amarelo, tão sujo.

— Revistem esse homem.

Revistaram Miguel Palmiskaski. Oitocentos e trinta e quatro mil e quatrocentos réis, sendo uma pequena parte em notinhas de cinco mil-réis e quase tudo em pratas e níqueis. As moedas pesavam oito quilos e duzentos gramas e estavam escondidas no paletó. Miguel Palmiskaski andava tão curvado mendigando por causa do peso daquela dinheirama.

Na casa dele não se achou níquel. Ele carregava tudo nos bolsos. Há vários anos Miguel Palmiskaski vivia assim, sem poder tirar o paletó, recurvo e fatigado, prisioneiro de suas moedas.

A polícia recolheu o dinheiro à tesouraria do Gabinete de Investigações. Miguel Palmiskaski ficou leve, leve. Emagreceu oito quilos e duzentos gramas. A polícia calcula que se ele tomar um banho e tirar o pó da roupa emagrecerá mais uns dois quilos.

Miguel Palmiskaski vai ser processado. Quando sair da cadeia, sem o dinheiro que juntou em longos anos de triste e penoso trabalho, Miguel Palmiskaski se verá forçado a estender a mão à caridade pública.

São Paulo, abril, 1934

Almoço mineiro

Éramos dezesseis, incluindo quatro automóveis, uma charrete, três diplomatas, dois jornalistas, um capitão-tenente da Marinha, um tenente-coronel da Força Pública, um empresário do cassino, um prefeito, uma senhora loura e três morenas, dois oficiais de gabinete, uma criança de colo e outra de fita cor-de-rosa que se fazia acompanhar de uma boneca.

Falamos de vários assuntos inconfessáveis. Depois de alguns minutos de debates ficou assentado que Poços de Caldas é uma linda cidade. Também se deliberou, depois de ouvidos vários oradores, que estava um dia muito bonito. A palestra foi decaindo, então, para assuntos muito escabrosos: discutiu-se até política. Depois que uma senhora paulista e outra carioca trocaram ideias a respeito do separatismo, um cavalheiro ergueu um brinde ao Brasil. Logo se levantaram outros, que, infelizmente, não nos foi possível anotar, em vista de estarmos situados na extremidade da mesa. Pelo entusiasmo reinante supomos que foram brindados o soldado desconhecido, as tardes de outono, as flores dos vergéis, os proletários armênios e as pessoas presentes. O certo é que um preto fazia funcionar a sua harmônica, ou talvez a sua concertina, com bastante sentimento. Seu Nhonhô cantou ao violão com a pureza e a operosidade inerentes a um velho funcionário municipal.

Mas nós todos sentíamos, no fundo do coração, que nada tinha importância, nem a Força Pública, nem o violão de seu Nhonhô, nem mesmo as águas sulfurosas. Acima de tudo pairava o divino lombo de porco com tutu de feijão. O lombo era macio e tão suave que todos imaginamos que o seu primitivo dono devia ser um porco extremamente gentil, expoente da mais fina flor da espiritualidade suína. O tutu era um tutu honesto, forte, poderoso, saudável.

É inútil dizer qualquer coisa a respeito dos torresmos. Eram torresmos trigueiros como a doce amada de Salomão, alguns louros, outros mulatos. Uns estavam molinhos, quase simples gordura. Outros eram duros e enroscados, com dois ou três fios.

Havia arroz sem colorau, couve e pão. Sobre a toalha havia também copos cheios de vinho ou de água mineral, sorrisos, manchas de sol e a frescura do vento que sussurrava nas árvores. E no fim de tudo houve fotografias. É possível que nesse intervalo tenhamos esquecido uma encantadora linguiça de porco e talvez um pouco de farofa. Que importa? O lombo era o essencial, e a sua essência era sublime. Por fora era escuro, com tons de ouro. A faca penetrava nele tão docemente como a alma de uma virgem pura entra no céu. A polpa se abria, levemente enfibrada, muito branquinha, desse branco leitoso e doce que têm certas nuvens às quatro e meia da tarde, na primavera. O gosto era de um salgado distante e de uma ternura quase musical. Era um gosto indefinível e puríssimo, como se o lombo fosse lombinho da orelha de um anjo louro. Os torresmos davam uma nota marítima, salgados e excitantes da saliva. O tutu tinha o sabor que deve ter, para uma criança que fosse *gourmet* de todas as terras, a terra virgem recolhida muito longe do solo, sob um prado cheio de flores, terra com um perfume vegetal diluído mas uniforme.

E do prato inteiro, onde havia um ameno jogo de cores cuja nota mais viva era o verde molhado da couve – do prato inteiro, que fumegava suavemente, subia para a nossa alma um encanto abençoado de coisas simples e boas.

Era o encanto de Minas.

São Paulo, 1934

Morro do Isolamento

O profeta mora em uma gruta no Morro do Isolamento. Os homens bebem cachaça, vinho nacional e cerveja. Compram remédios e querosene. Os homens bebem porque precisam ficar tontos. Todos, às vezes, precisam ficar bêbados, e por isso bebem. Quando as mulheres dos homens ficam desesperadas elas despejam querosene na roupa e se matam com fogo. O profeta sabe de tudo. Ele sabe que muitas famílias usam pratos no almoço e no jantar. Os pratos não são eternos. Cedo ou tarde eles se quebram. Às vezes são partidos quando a mulher está nervosa com o homem. Às vezes a culpa é de uma criança. Às vezes é de uma empregada. De qualquer modo eles se quebram; e às vezes toda a família se quebra em redor dos pratos quebrados. O profeta sabe. Ele passa a mão suja pela barba suja. Sai da gruta. Vai andando devagar. Desce o Morro do Isolamento e passeia pelos quintais miseráveis dos subúrbios de Niterói. Não, o profeta não vai roubar galinhas. Ele recolhe frascos vazios, pratos quebrados. Leva para a sua gruta os cacos, as garrafas sujas e vazias. Espalha tudo pelo chão e medita. Já possui, entre outras coisas, uma corrente de chuveiro. Achou-a no lixo. O profeta não tem chuveiro, e não pensa nunca em tomar banho. Mas achou aquela corrente e medita. O profeta às vezes sente fome. Possui uma pequena criação: uma cobra pequena e sem veneno, e um tatu enfermo. Os três vivem em boa paz na gruta do Morro do Isolamento, entre cacos de vidro, pratos quebrados, a corrente de chuveiro e meditações.

Às vezes as crianças muito pobres, os homens doentes e as mulheres feias vão ouvir o profeta. Muitos acreditam nele. Muitos não acreditam. Ele acredita. O Morro do Isolamento se povoa de crentes e descrentes. À noite, uns e outros descem o morro. O profeta faz uma festinha para o tatu. O tatu, muito enfermo, suspira tristemente. A cobra, a humilde cobra sem veneno, dá um bocejo e vai dormir. A gruta está escura. A noite lá fora está escura. Apenas existe uma luzinha tremelicando. É no cérebro do profeta. Ele passa a mão pela cara suja, pela barba suja. Na escuridão do Morro do Isolamento o profeta está se rindo devagarinho. Ele sabe de tudo. Lá na cidade, onde há luz elétrica, homens e mulheres, as garrafas se esvaziam e os pratos se quebram. A vida se quebra e se esvazia. E tudo fica sujo como a barba do profeta. Na gruta escura do Morro do Isolamento, o profeta está chorando devagarinho. Se a cobra fosse grande e feroz, e tivesse veneno mortal, ele diria:

— Vai, cobra, e morde e mata os homens ruins, só respeitando as crianças e os pobres.

Se o tatu não fosse doente e fosse enorme e terrível, ele diria:

— Vai, tatu, e cavuca a terra vil, e derruba as casas e só respeita as miúdas e miseráveis.

Mas na gruta escura do Morro do Isolamento a cobrinha sem veneno está dormindo, e o tatu está enfermo. O profeta passa a mão pela barba suja, deita na terra e começa a roncar. O ronco do profeta estremece o Morro do Isolamento, abala Niterói e o mundo.

Rio, dezembro, 1934

O homem do quarto andar

Chegava sempre em casa às duas e meia da manhã. Era uma casa de apartamento, já meio velha. Aquela rua quase no centro tinha o ar triste das ruas estreitas do centro com aquele grande armazém de anúncios maldesenhados, os bondes que demoram, gente medíocre passando. O asfalto sujo, as calçadas estreitas, sujas: o comércio, os caminhões, tudo vivendo numa pequena febre crônica de trabalho mesquinho e inútil.

Toda cidade tem suas ruas onde a vida nunca se eleva da besteira trivial, onde parece que faz sempre mormaço e os homens sempre fizeram a barba ontem; as mulheres são banais, os automóveis sempre são do modelo do ano atrasado. Era uma rua quase no centro e nunca passara por ali ou saíra dali nada emocionante, nunca houve uma vibração, uma festa enorme como o Carnaval que enchesse a rua, fizesse barulho, e obrigasse a temer qualquer coisa, rebentasse uma vidraça; não era caminho de enterro, de casamento, por ali nunca rolou uma onda de ódio ou de volúpia e ela tinha sempre a mesma cara mesquinha. Não era sossegada; tinha seus pobres ruídos mecânicos e humanos, vivia com seus horários estreitos. Nem mesmo um grande crime, um crime de manchete ali aconteceu. Um ano e meio atrás suicidara-se um sujeito. Mas era um sujeito bastante velho, com tuberculose pulmonar e vida encalacrada, que ninguém conhecia direito, que não tinha família nem nenhuma outra circunstância que pudesse comover alguém.

Era uma rua sem interesse, em cujas sarjetas às vezes se formavam pequenas poças de água preta, onde os mosquitos não se animavam a nascer.

Ele chegava pela madrugada, dormia, saía às onze horas do quarto que havia alugado, não conhecia ninguém.

Tinha trinta e cinco anos e vivia remediadamente.

Morava no quarto andar e descia no elevador sempre às onze ou onze e cinco, como se o elevador fosse bonde. Na verdade era um bonde, inexpressivo como um bonde, um suplemento interno de seu bonde. Era um bonde o elevador, e seu escritório também era como um bonde e a vida era um bonde, tudo para ele, velho passageiro de bonde, eterno passageiro de bonde, era um bonde. O bonde, o hábito diário, a obrigação que o esperava, o uso constante do bonde, tudo isso deprava um indivíduo, como qualquer outro veículo, o veículo regula a marcha de sua vida, ronca dentro dele, carrega-o sem remédio até a morte. Se no Rio de Janeiro um trem de subúrbio carregado de operários magros, sujos, quebrasse um automóvel de alto luxo, os operários ficariam alegres mesmo se no automóvel não morresse ninguém; porque a luta dos homens é absorvida pela luta dos veículos. Todo trem de subúrbio, arrebentado, imundo, lerdo, espremido, sonha em levar um dia seu povo até a avenida Rio Branco, fazer penetrar sua fumaça ignóbil pelas janelas das residências de luxo de Copacabana, correr triunfalmente, superlotado, imenso, terrível, pela cidade rica, pela cidade proibida.

O elevador era um bonde no sentido vertical e ele era eternamente um passageiro de bonde. Não conhecia ninguém naquela rua. Estava ali apenas há dois meses. Agora ia mudar para um bairro afastado. Descia no elevador com a mala. Lembrou-se de que não levava daquela rua nenhuma lembrança particular. Há ruas que entram pela vida dos homens e mulheres que residem no segundo quarteirão da transversal. Parece então que, sob a camada do asfalto, há uma grande placa de ímã. Haverá ruas calçadas de ímã? Há, pelo menos, ruas onde acontecem muitas coisas, onde as coisas acontecem muito. Essas se deslocam juntamente com o indivíduo, dentro dele. Vede a rua Correia Dutra, no Catete. É raro encontrar no país alguém que nunca morou na rua Correia Dutra e que não carregue dentro de si fragmentos da rua Correia Dutra. Ela, todavia, nada tem de especial, e hoje mesmo qualquer pessoa pode ir morar na rua Correia Dutra. Esse alguém não sentirá logo que está residindo em um estranho país. Durante dois anos pode não se aperceber disso, pois não lhe acontece nada de extraordinário. Só mais tarde meditará que lhe aconteceram excessivas coisas do gênero ordinário, que ele foi membro da família da rua Correia Dutra, família flutuante, instável, reduzida no espaço e imensa no tempo.

    Naquela rua, entretanto, que ele deixava, não acontecera nada. Nem mesmo o elevador encrencara nunca, nem ninguém lhe propusera um negócio suspeito, nem uma só mulher viera ou fora, nem um só cão latira a noite inteira. O táxi estava esperando. Ele pagara pontualmente o quarto, o táxi viera, a rua estava ali na sua cara e na rua não acontecera nada, nem naquele momento acontecia nada. Jogou a mala dentro do carro. Nem mesmo teria de avisar aos amigos sua mudança, pois nenhum amigo o procurara ali, e para todos o seu endereço era o do escritório. Ali mesmo não se despedira de ninguém, ninguém tomara conhecimento efetivo e afetivo de sua vida.

Deu ao chofer o endereço novo.

Não esquecera nada no quarto. O táxi começou a rodar. Ele olhava sem atenção para a direita, onde havia uma padaria e confeitaria. Viu um homem na porta, uma pobre mulher que passava, outro homem que fumava um cigarro esperando o bonde. O táxi chegou à esquina, virou à esquerda, e foi-se.

Rio, abril, 1935

Reportagens

     O repórter de um vespertino carioca visitou uma casa em que viu muitos homens e mulheres cantando, um homem de roupa esquisita bebendo e rezando. O pessoal falava, às vezes, uma língua estranha, e fazia gestos especiais.

     O repórter tirou uma fotografia e voltou para a redação com uma reportagem atrapalhada, falando de macumba, pai de santo, Exu, gongá, Ogum e outros nomes que servem para cor local.

     A reportagem acabava com a seguinte pergunta: "Que dirá a isso o senhor chefe de polícia?"

     Não tenho nenhum comentário a fazer a respeito. Quero apenas resumir aqui uma outra reportagem que fiz há tempos, por acaso, quando estava no Rio. Eu ia pela rua, certa pessoa me interessou e eu a segui. Ela entrou em uma casa grande. Como não tinha jeito de casa de família, também entrei. Dentro dessa casa vi tantas coisas extraordinárias que acabei esquecendo a tal pessoa.

     Havia, no fundo de uma ampla sala, armações de madeira, coloridas e iluminadas por pequenas lâmpadas elétricas e por algumas velas. Pelas paredes, em buracos apropriados, haviam sido espalhadas estatuetas malfeitas. Um homem com uma espécie de camisola preta e com um pano bordado de ouro nas costas dizia palavras estranhas, em uma língua incompreensível. A um gesto seu, mulheres e homens se ajoelharam murmurando coisas imperceptíveis. Depois apareceu um menino com uma camisola vermelha trazendo uma caçamba de onde saía fumaça cheirosa. Uma campainha fininha começou a tocar. Todo mundo ajoelhado abaixava a cabeça e batia no peito. O homem de camisolão preto bebeu um pouco de vinho e começou a meter na boca de cada velha que se ajoelhava em sua frente uma rodela branca. Em certo momento o menino de camisola saiu com uma bandeja. Pensei que ele fosse distribuir vinho, mas em vez disso recolhia níqueis e pratinhas. Depois umas senhoritas que estavam em uma espécie de camarote começaram a cantar. Vi mulheres com véus na cabeça e fitinhas azuis no pescoço fazendo sinais estranhos, e vi ainda muitas outras coisas mais.

Que dirá a isso o senhor chefe de polícia?

Recife, 1935

A lira contra o muro

Meu poeta, pois então vamos falar sobre mulheres. Garanto que é um belo assunto. De um certo modo reconheço que isso é um pouco humilhante, quando se é moço. Basta pensar isto: enquanto estou escrevendo, lá fora, na rua passam mulheres. Minha obrigação era descer a escada e ir vê-las. É um verdadeiro crime um homem ficar dentro de uma sala escrevendo, sob a luz artificial, quando lá fora a tarde ainda está clara e há mulheres andando. É aflitivo pensar que a vida está correndo e que nós estamos aqui conversando. Confesso que às vezes acho qualquer coisa de humilhante na literatura... Mas o certo é que vivemos em um mundo assim. É espantoso como este mundo em que vivemos não presta. Dizem que não adianta bater com a cabeça contra o muro. Bato frequentemente. É possível que qualquer dia a minha cabeça arrebente. Mas lá fora, do outro lado, deve chegar um som qualquer de minha cabeça.

Lá fora... Certamente nem eu nem você saberíamos viver lá fora. Seria como se nos tirassem da cabeça o peso da atmosfera ou como se, de repente, acabasse a força da gravidade. Morreríamos afogados no ar. Conheci, há pouco tempo, um homem que passou vinte e cinco anos na cadeia. Mas não quero falar daquele homem. Sinto que, se o muro caísse, eu seria como aquele homem. Cuspiria no chão a horas certas, para ter a gloriosa certeza de que não é proibido cuspir no chão. Bem, mas é preciso não esquecer de que lá fora não existe. Isso é um segredo tão terrível que você pode contar a todo mundo. Ninguém acreditará. Todos os homens farão um sinal com a cabeça: "Sim, já sabíamos há muito tempo". Mas no fundo do coração ninguém acreditará.

Na verdade, estamos todos presos, e precisamos ter uma aguda consciência disso. Você, poeta, não tem consciência de classe. Tem coragem de dizer que ama tudo o que é lindo e humano, a beleza em geral, as mulheres, os sentimentos delicados, a poesia, essas coisas – e detesta a política. Você sabe, poeta, que há mulheres que são como flores empoeiradas? Se você encontrasse uma pequena flor coberta de poeira, jogaria gotas de água sobre aquela flor. As pétalas poderiam, então, sentir a carícia fresca do vento – suponhamos – da brisa terral. Seriam assim umas onze horas da noite. A brisa terral vindo lá de dentro, do meio do grande país, indo para o mar lá longe, o mar aberto, o grande mar. E a brisa terral beijaria aquela flor, e aquela flor seria mais linda. Você ficaria comovido e se sentiria bom. Pois, meu poeta, ali estão as mulheres empoeiradas. Há mãos de lírios limpando panelas engorduradas. Mãos que poderiam ser de lírios e estão grossas e vermelhas. Há moças em massa, há moças em massa ficando feias, metodicamente feias, ficando feias. Há mulheres em massa, belas mulheres murchando, murchando, murchando depressa. Há mocinhas, surpreendentes mocinhas que ficarão doentes antes de florescer. Há crianças que jamais serão mocinhas. Morrem muitas crianças, e na maioria não morrem de propósito para virar anjinho; morrem devido a moléstias intestinais.

Mas estamos falando de mulheres. É extraordinário notar que elas não são simplesmente mulheres, e não existem apenas quando passam por nós ou são beijadas, ou suspiram.

É extraordinário saber que elas vivem. Em grande número são subalimentadas, e precisam de educação e higiene, duas coisas caríssimas. Naquela noite aquela pequena não foi se encontrar com você porque a meia esquerda desfiou e o outro par estava molhado. Aquela outra não sorriu para você porque só pode pagar a um péssimo dentista. Aquela outra está com a pele ruim porque alguma coisa dentro dela não está funcionando direito, e ela não pôde procurar um especialista. Não pense que a filha daquele funcionário dos Correios ficou tuberculosa para imitar a Greta Garbo da *Dama das camélias*. Acontece que um litro de leite custa mil e duzentos. Não sei de quem é a culpa, mas seguramente não é das vacas, nem de Marguerite Gautier. Muitas mulheres amariam os seus versos se elas soubessem ler, ou se não soubessem apenas ler.

Não, poeta, eu não levarei o meu mau gosto a ponto de falar das operárias – dessas estranhas mulheres que não têm o direito de ser bonitas nem saudáveis – ou das mulheres da roça, que vivem para trabalhar e parir. Não quero magoar você, poeta. Apenas quero que você pense nesse formidável capital de beleza e, portanto, de lirismo, que este mundo que aí está massacra sistematicamente.

As flores empoeiradas... Há flores cobertas de poeira, flores que murcham sufocadas pela poeira. Que as mulheres trabalhem. Mas que elas vivam, possam respirar bem, florescer em beleza, crescer debaixo do sol, amar sem doenças e dar à luz filhos fortes e livres. Que a vida, poeta, a grande vida cheia de sentimento e de mistério dos humanos, possa ser vivida um pouco por todos. Você vai me chamar de materialista e reclamar o "primado do espiritual": mas eu quero que nos lugares onde faz frio haja um chuveiro quente em cada casa para que as mulheres que não podem tomar banho frio possam tomar banho todo dia, com facilidade. Elas não perderão a poesia: perderão apenas a poeira. Perante este povo imenso de tantas mulheres sujas eu pergunto: por que não há mais chuveiros quentes? Ou simplesmente: chuveiros? Temos enormes quedas d'água para despejar eletricidade sobre o país; eletricidade e água, água, muita água... Mas, poeta, não quero convidar você a lutar contra o imperialismo e contra toda a exploração. No fundo este nosso povo pobre é tão espiritual. Sofrer é belo, enobrece as almas. Mas as flores estão cobertas de poeira. Elas estão murchando. Já nascem murchas. Você acha que uma vida mais limpa e mais livre poderia matar a poesia? Não, poeta, você sabe que o lirismo não é o lixo da vida, e que a poesia não morre, que a poesia é eterna e infinita no peito humano. Meu poeta, você está convidado a bater com a cabeça no muro. Pode bater com a lira também. Se ela quebrar, não faz mal. Soltará um belo som, e esse som será uma profunda poesia.

São Paulo, 1937

Em memória do bonde Tamandaré

Foi na madrugada de uma segunda-feira – 6 de dezembro de 1937 – que a cidade de São Paulo surgiu arrebentada e descomposta. A avenida São João apresentava um sistema de fossas, montanhas, barricadas e trincheiras. A praça Ramos de Azevedo teve rasgado o seu ventre betuminoso, e houve trilhos arrancados. Aconteceram muitas coisas estranhas. Nos bairros, famílias acostumadas a dormir no meio do maior silêncio se ergueram aflitas, altas horas, com a rua invadida pelo estrondo de um bonde. Com outras famílias aconteceu pior. Habituadas, através de intermináveis anos, a só dormir depois de passar o último bonde, não puderam dormir, porque o último bonde não passou. Nem o último, nem o primeiro, nem mais nenhum, jamais.

A *urbs* escalavrada acordou. O homem que esperava seu "camarão" foi informado de que seu "camarão" não existia mais. De acordo com a Prefeitura, a Light havia cortado várias linhas de bondes. Os subúrbios distantes ficaram mais distantes, e a gente pobre daqueles subúrbios ficou mais pobre. Houve protestos, e houve, sobretudo, confusão. Ninguém sabia onde tomar o bonde, nem se havia o bonde, nem o nome do bonde, nem o caminho do bonde. Os guardas-civis (seja dita a verdade) informavam com a maior gentileza. Informavam e depois tomavam bondes errados, porque eles também não sabiam. E alguém murmurava: mas onde estás, onde estás, bonde Brigadeiro Galvão? E o eco respondia: não sei não. E tu, oh tu, Vila Clementino, em cujo terceiro banco, em um dia chuvoso de 1933, certa mulher ruiva me sorriu? E tu, Santa Cecília, e tu, Vila Maria, e tu, Jardim da Aclimação dos meus domingos de sol? E o infinito bonde Jabaquara? E o gentil Campos Elísios? Higienópolis também morreu...

... Mas quem morreu, quem morreu, e isso me custa dizer, foi o grande bonde Tamandaré. Morreu o grande bonde Tamandaré, pai e mãe de todos os bondes. De acordo com a tabela da Light e as indicações dos guias da cidade esse bonde tinha um itinerário e um horário. Mas ele nunca soube disso, mesmo porque – a verdade seja sempre dita – o grande bonde Tamandaré era analfabeto e não funcionava bem da cabeça. Suspeito que ele se entregava a libações alcoólicas na Aclimação e tinha uma paixão encravada no Ipiranga. Um dia eu o encontrei ao meio-dia, sob um sol de rachar, em estado lamentável, na praça do Patriarca, e não pude deixar de sorrir. Ele certamente percebeu, porque, no mesmo dia, às duas horas da tarde, quis me matar no largo da Sé. Uma vez, na praça do Correio, exatamente na praça do Correio, numa noite de grande tempestade, ao passar junto ao monumento de Verdi esse bonde parou, protestou, armou um escarcéu e fez um comício monstro, berrando por todos os balaústres, dizendo que aquela estátua era um absurdo.

Ele entrava a qualquer hora em qualquer rua, desde que houvesse trilhos. É necessário notar que só respeitava essa condição da existência de trilhos quando não estava enfurecido; e frequentemente estava. Mas tinha um grande coração. Só matava mulheres muito feias e homens muito chatos, e em toda a sua vida esmagou apenas nove crianças, sendo três pretinhos (dos quais dois no Piques), uma meninazinha loura, um italianinho jornaleiro, dois filhos gêmeos de uma lavadeira e dois não especificados.

Eram todos, unanimemente, crianças pobres demais. As mães (quando havia mães) gritavam com desespero e lançavam agudas maldições, entre soluços, contra o bonde Tamandaré. Ele disparava para não ouvir aqueles gritos. Levava as rodas sujas de sangue, mas sentia o coração limpo, e murmurava para si mesmo que tinha razão: "eram pobres demais!" A morte daqueles dois filhos gêmeos da lavadeira foi a sua mais bela proeza. Um deles atravessava a rua correndo, e o outro corria atrás para pegá-lo. Quando um pegou o outro, o grande bonde Tamandaré pegou os dois, e os massacrou a ambos, em lindo estilo. "Eram pobres demais."

Um velho empregado do barracão da Light, que tem uma perna só, me jurou por essa perna que jamais viu o bonde Tamandaré se recolher ao barracão na hora em que todos os bondes honestos habitualmente se recolhem. Esse perneta não quis confirmar (nem tampouco desmentir) aquela história sobre a mulata do Piques. Todas as tardes, pelas seis horas, o bonde Tamandaré se encontrava com essa mulata no Piques. E quando ela subia para um banco, a caminho de sua casa, o grande bonde corria mais, sem entretanto fazer muito barulho. Corria ladeira acima, balançando suavemente no colo a sua mulata – e quem ouvisse bem o ronco de seu motor notaria obscuras palavras de amor.

Uma tarde a mulata não estava junto ao poste de toda tarde. O bonde subiu a ladeira rangendo, desconsolado e inquieto. Esperou o dia seguinte. Nada de mulata. Indagou, indagou a todos os passageiros, a todos os postes, e fios, e trilhos, e calçadas e asfaltos. Quando soube, por um Ford de praça, que ela partira para o Rio de Janeiro, foi à praça Ramos de Azevedo e exigiu do administrador da Light a sua transferência para a capital do país. O administrador secamente respondeu que não. Tamandaré saiu alucinado e subiu pela rua da Consolação com tanto barulho que acordou todos os defuntos de dois cemitérios. Pela meia-noite dezenas de fiscais, motorneiros, condutores e guarda-chaves deram o alarma: sumira o bonde Tamandaré!

Um ex-empregado que se esforçava para ser readmitido comunicou que o havia visto pelas onze e meia, em atitude suspeita, junto à porteira do Brás. Foi a pista. No dia seguinte, ainda ao amanhecer, Tamandaré foi preso em Barra do Piraí, recambiado para São Paulo. Estava completamente bêbado e havia invadido os trilhos da Central do Brasil. Voava em direção ao Rio.

O perneta do barracão não quis confirmar essa história. Quando perguntei se podia desmenti-la, ele fez um gesto indefinível com a cabeça e tirou fumaça de seu pobre cachimbo. Depois olhou para um lado e outro. Tive a impressão de que ia me confirmar tudo, em segredo. Mas cuspiu uma saliva suja e disse apenas:

— Tamandaré... Um belo bonde! Muito bom mesmo... Muito bom...

Talvez estivesse com medo, mas eu não sei dizer se era medo ou uma verdadeira amizade.

São Paulo, dezembro, 1937

Mar

A primeira vez que vi o mar eu não estava sozinho. Estava no meio de um bando enorme de meninos. Nós tínhamos viajado para ver o mar. No meio de nós havia apenas um menino que já o tinha visto. Ele nos contava que havia três espécies de mar: o mar mesmo, a maré, que é menor que o mar, e a marola, que é menor que a maré. Logo a gente fazia ideia de um lago enorme e duas lagoas. Mas o menino explicava que não. O mar entrava pela maré e a maré entrava pela marola. A marola vinha e voltava. A maré enchia e vasava. O mar às vezes tinha espuma e às vezes não tinha. Isso perturbava ainda mais a imagem. Três lagoas mexendo, esvaziando e enchendo, com uns rios no meio, às vezes uma porção de espumas, tudo isso muito salgado, azul, com ventos.

Fomos ver o mar. Era de manhã, fazia sol. De repente houve um grito: o mar! Era qualquer coisa de largo, de inesperado. Estava bem verde perto da terra, e mais longe estava azul. Nós todos gritamos, numa gritaria infernal, e saímos correndo para o lado do mar. As ondas batiam nas pedras e jogavam espuma que brilhava ao sol. Ondas grandes, cheias, que explodiam com barulho. Ficamos ali parados, com a respiração apressada, vendo o mar...

Depois o mar entrou na minha infância e tomou conta de uma adolescência toda, com seu cheiro bom, os seus ventos, suas chuvas, seus peixes, seu barulho, sua grande e espantosa beleza. Um menino de calças curtas, pernas queimadas pelo sol, cabelos cheios de sal, chapéu de palha. Um menino que pescava e que passava horas e horas dentro da canoa, longe da terra, atrás de uma bobagem qualquer – como aquela caravela de franjas azuis que boiava e afundava e que, afinal, queimou a sua mão... Um rapaz de quatorze ou quinze anos que nas noites de lua cheia, quando a maré baixa e descobre tudo e a praia é imensa, ia na praia sentar numa canoa, entrar numa roda, amar perdidamente, eternamente, alguém que passava pelo areal branco e dava boa-noite... Que andava longas horas pela praia infinita para catar conchas e búzios crespos e conversava com os pescadores que consertavam as redes. Um menino que levava na canoa um pedaço de pão e um livro, e voltava sem estudar nada, com vontade de dizer uma porção de coisas que não sabia dizer – que ainda não sabe dizer.

Mar maior que a terra, mar do primeiro amor, mar dos pobres pescadores maratimbas, mar das cantigas do catambá, mar das festas, mar terrível daquela morte que nos assustou, mar das tempestades de repente, mar do alto e mar da praia, mar de pedra e mar do mangue... A primeira vez que saí sozinho numa canoa parecia ter montado num cavalo bravo e bom, senti força e perigo, senti orgulho de embicar numa onda um segundo antes da arrebentação. A primeira vez que estive quase morrendo afogado, quando a água batia na minha cara e a corrente do "arrieiro" me puxava para fora, não gritei nem fiz gestos de socorro; lutei sozinho, cresci dentro de mim mesmo. Mar suave e oleoso, lambendo o batelão. Mar dos peixes estranhos, mar virando a canoa, mar das pescarias noturnas de camarão para isca. Mar diário e enorme, ocupando toda a vida, uma vida de bamboleio de canoa, de paciência, de força, de sacrifício sem finalidade, de perigo sem sentido, de lirismo, de energia; grande e perigoso mar fabricando um homem...

Este homem esqueceu, grande mar, muita coisa que aprendeu contigo. Este homem tem andado por aí, ora aflito, ora chateado, dispersivo, fraco, sem paciência, mais corajoso que audacioso, incapaz de ficar parado e incapaz de fazer qualquer coisa, gastando-se como se gasta um cigarro. Este homem esqueceu muita coisa, mas há muita coisa que ele aprendeu contigo e que não esqueceu, que ficou, obscura e forte, dentro dele, no seu peito. Mar, este homem pode ser um mau filho, mas ele é teu filho, é um dos teus, e ainda pode comparecer diante de ti gritando, sem glória, mas sem remorso, como naquela manhã em que ficamos parados, respirando depressa, perante as grandes ondas que arrebentavam – um punhado de meninos vendo pela primeira vez o mar...

Santos, julho, 1938

A senhora virtuosa

Uma pobre mulher, em Campo Belo, deu à luz três filhos gêmeos. A notícia diz que o prefeito mandou internar a parturiente na maternidade, e que várias senhoras da sociedade local resolveram amparar a família. São, naturalmente, senhoras distintas e virtuosas, senhoras cristãs, movidas pelos melhores sentimentos. Mas, francamente, é preciso parar com essa história de gêmeos.

Diariamente, neste país, numerosas mães pobres dão à luz. Em geral nasce apenas um menino – e diante desse fato banal ninguém se comove. Ninguém passa telegrama, não aparece nenhuma comissão de senhoras caridosas – não se fala no assunto. Maria, a lavadeira, deu à luz. Nasceu um menino doente e magro, porque Maria não pôde ter conforto durante os últimos meses. O menino precisa de uma porção de coisas. Maria precisa de repouso, de remédio, de dinheiro. Se alguma senhora virtuosa toma conhecimento desse fato, diz:

— Coitada!

E mais não diz. Maria Lavadeira não interessa à senhora virtuosa, Maria Lavadeira é uma mulher vulgar, uma mulher que deu à luz. O que interessa à senhora virtuosa é a mulher que procura bater recordes, a mulher sensacional que oferece ao mundo uma ninhada de meninos. O filhote de Maria pode morrer – e morre com uma terrível frequência – dentro de alguns dias, de algumas semanas, de alguns meses. Que é que a senhora virtuosa tem com isso? Se insistirem em dizer alguma coisa depois que ela disse – "coitada!" – a senhora virtuosa fará uma grande descoberta:

— Mas essa gente pobre é danada para ter filho. Que gente!

O que preocupa a senhora virtuosa são os oito gêmeos de Paracatu, os vinte gêmeos de Corumbá, os cinquenta e três gêmeos de Manaus, os gêmeos que aparecem nos jornais, os gêmeos que dão na vista. A senhora virtuosa se esquece dos outros: dos milhares de gêmeos, dos milhões de gêmeos, filhos gêmeos da Mãe Miséria, que nascem em toda parte do Brasil. Esses nascem, e morrem ou crescem, imperfeitos e tristes. A senhora virtuosa diz que ama e respeita a maternidade. Mas o que comove a senhora virtuosa na mãe de três ou cinco filhos não é propriamente a maternidade: é o recorde, é a mágica, é o fenômeno. O mundo, para a senhora virtuosa, é um circo. Ela admira o prestidigitador que tira vinte coelhos de uma cartola. Ela não conhece o pobre homem que está no fundo da plateia, tão silencioso e tão pobre, tão sem importância e tão humilde, que, se um dia a senhora virtuosa lhe fosse perguntar:

— O senhor está precisando de alguma coisa?

Ele responderia encabulado:

— Não, senhora, muito obrigado.

E morreria quieto, de fome.

Rio, 1938

O número 12

Estão dizendo por aí que o governo vai lançar imposto sobre os solteiros de 25 a 64 anos. As famílias numerosas serão auxiliadas com a renda desse imposto.

Embora eu pertença à vasta classe dos que acham que tudo o que o governo faz está certo, devo confessar que pessoalmente essa lei não me alegra. Trata-se, afinal de contas, de aumentar a população.

Ora, sempre desconfiei que existe gente demais no mundo. Há por aí numerosos cavalheiros que eu teria vontade de chamar ao meu escritório para dizer a cada um:

— Cavalheiro, eu tenho notado que o senhor está vivendo, e parece disposto a continuar assim por muito tempo. Não faça isso. O senhor está dispensado. Desculpe, mas o senhor está dispensado de viver. Tenha a fineza de se retirar deste mundo. Desculpe se sou obrigado a lhe dizer isso, mas se eu tomo essa providência é por falta de espaço. Retire-se!

Na verdade, há falta de espaço. A gente vive se acotovelando. Um se atravessa no caminho, outro nos abalroa, outro nos atropela. Além do mais no Brasil faz muito calor. Precisamos arejar o ambiente. Não chego a propor um prêmio às famílias dos suicidas, mas creio que incrementar o nascimento de mais gente é ruindade.

Concordo com o imposto sobre os solteiros. Afinal de contas eu me casei, e não considero ninguém melhor do que eu. O imposto sobre as solteiras é que me parece pouco justo. Em primeiro lugar porque no Brasil, segundo dizem, o número de homens é superior ao de mulheres. Assim, muitas moças pagarão impostos por motivos puramente estatísticos. Além do mais as moças não se casam quando querem, mas quando são queridas. Em muitas cidades do interior há centenas de moças bonitas que não ouvem propostas. Que culpa pode ter uma mercadoria de não encontrar comprador?

A solteirona poderá dizer aos homens de governo:

— Não me taxem, senhores, por eu estar solteira. Posso lhes garantir em segredo que a culpa não é minha. Querem que eu me case? Arranjem um marido!

Se o que se procura é incrementar o casamento, creio que o melhor seria adotar o divórcio. O casamento é hoje, no Brasil, um beco sem saída. Querem aumentar o movimento do beco? Abram uma saída, pelo menos uma saída de emergência. Todos, assim, terão menos medo de entrar.

Dizem que as famílias de doze filhos não pagarão impostos. Em vista da pobreza da população é fácil supor que muitos casais de onze, dez ou oito filhos farão mais alguns "para inteirar". Esses filhos serão, amanhã, homens mais ou menos humilhados. A cada um deles se poderá dizer mais tarde:

— O senhor não é filho do amor. O senhor é filho do sistema tributário. O senhor nasceu "para inteirar". O senhor não é um homem: é um número, um número para inteirar uma dúzia!

Rio, 1938

Dia da Raça

Um telegrama de São Paulo diz que ontem, 12 de outubro, não houve aula nas escolas públicas, porque era o "Dia da Raça". No dia 4 de setembro foi festejado no Rio esse mesmo "Dia da Raça". De onde se conclui que não há apenas um dia; há, pelo menos, dois dias. E pode ser que sejam três, pois também em 7 de setembro vários jornais disseram que era o "Dia da Raça". Um, dois, três dias, não importa. O que realmente importa é que não há raça. Não há raça – porque há raças.

Festejar uma raça no Brasil ou é uma coisa sem sentido ou é falta de educação. Será sem sentido quando pretender festejar a raça brasileira, que não existe. Será falta de educação quando pretender dirigir os festejos a um dos componentes de nossa mistura racial, esquecendo os outros. O que poderíamos ter, com um pouco de bom senso, era o "Dia da Mistura da Raça".

Na verdade o nosso problema não é afirmar e defender as qualidades específicas de uma determinada raça. É promover a mistura mais íntima de todas elas. Essa mistura humana é o nosso ideal. Ainda outro dia li um artigo de Hearst, o famoso diretor de jornais norte-americano. Embora habitualmente faça política mais ou menos favorável aos países onde há racismo, Hearst parece ter ficado impressionado com as misérias e as desumanidades praticadas, por este mundo afora, em nome da Raça. Escreveu, então, um apelo aos países racistas. Pediu a eles que mandassem para os Estados Unidos as raças imprestáveis. E também os insubmissos, os não conformistas, os chamados "maus elementos", os professores "dissolventes", os sábios de "sangue sujo", os indesejáveis de sangue e de política. Disse a eles que os Estados Unidos são "uma raça misturada, uma raça forte, uma raça vigorosa". E acrescentou que essa "mistura" é exatamente o motivo do vigor da nova raça que se vai formando nos Estados Unidos.

Em síntese, Hearst gritou: mandem os seus homens "inferiores"; nós formaremos com eles o povo mais forte do mundo!

Festejemos, portanto, qualquer dia, o "Dia da Mistura da Raça". Instituamos prêmios para os casamentos de alemão com japonesa, de japonês com preta, de preto com índia, de índio com italiana, de italiano com polonesa, de polonês com síria, de sírio com espanhola, de espanhol com judia etc. etc. Misturemos alegremente as raças. No fim dá certo. E se não der certo será, pelo menos, divertido.

Rio, 1938

Muito calor

Ontem, com aquele calor todo, apareceu um homem disposto a discutir comigo. Eu discuto muito mal, principalmente no verão. O homem defendia os agiotas. Isto é, não defendia. O que ele dizia era que, afinal de contas, os agiotas não sei o que têm, porque é preciso não esquecer que, de um certo ponto de vista, é preciso encarar a questão, aliás, não sei o quê... Era mais ou menos isso o que o homem dizia. Ele citou vários exemplos e de vez em quando me perguntava:

— Você não acha que eu tenho razão?

Eu não achava nem deixava de achar, de maneira que não dizia nada. Aí o homem insistia:

— Vamos, diga, isso é ou não é um fato?

— É...

— Pois bem. Agora você precisa ver outra coisa. Aqui no Rio de Janeiro há não sei quantas casas de penhor. Muito bem. Pois então vamos fazer um cálculo...

Aí o homem fazia um cálculo. Depois perguntava se eu não concordava com o cálculo, se não achava justo, se achava exagerado. – Aí teve uma hora que não sei o que foi que eu disse que o homem gritou:

— Mas então é você que defende os usurários! Esse argumento seu...

E ele me provou por a mais b que o meu argumento era uma grande arma na mão dos usurários. Aliás, reparando bem, uma arma de dois gumes. Eu, a bem dizer, não me lembrava mais qual era o meu argumento, nem mesmo sabia que tinha dado um argumento. O homem falou sobre taxas de juros, avaliação, leilão e Monte Socorro, fiscalização, prazo e outras coisas desse gênero. Confesso que fiquei um pouco desorientado. O homem então se exaltou não sei por que e perguntou se eu queria que os usurários me emprestassem dinheiro a um por cento ao mês.

— É isso que você quer, não é?
— Eu, não...
— Então o que é que você quer?

Respondi que eu não queria nada. Ele disse que "não quero nada" era um modo de dizer. E perguntou outra vez, ameaçador:

— Mas então o que é que você acha? Eu não compreendo você! Ora você diz uma coisa, ora outra. Vamos, me explique, o que é que você acha?

Respondi com a máxima sinceridade:

— Eu acho que está fazendo muito calor.

O homem ficou um pouco zangado e disse que comigo não se podia discutir. Não valia a pena discutir. Para que ele não ficasse mais zangado, concordei:

— Pois é isso o que eu sempre digo.

O leitor me desculpe, mas não sei o que falamos mais nessa palestra tão interessante e instrutiva. O que sei é que estava fazendo muito calor, e que no momento em que escrevo continua fazendo muito calor.

Rio, novembro, 1938

Cafezinho

Leio a reclamação de um repórter irritado porque precisava falar com um delegado e lhe disseram que o homem havia ido tomar um cafezinho. Ele esperou longamente, e chegou à conclusão de que o funcionário passou o dia inteiro tomando café.

Tinha razão o rapaz de ficar zangado. Mas com um pouco de imaginação e bom humor podemos pensar que uma das delícias do gênio carioca é exatamente esta frase:

— Ele foi tomar café.

A vida é triste e complicada. Diariamente é preciso falar com um número excessivo de pessoas. O remédio é ir tomar um "cafezinho". Para quem espera nervosamente, esse "cafezinho" é qualquer coisa infinita e torturante. Depois de esperar duas ou três horas dá vontade de dizer:

— Bem, cavalheiro, eu me retiro. Naturalmente o senhor Bonifácio morreu afogado no cafezinho.

Ah, sim, mergulhemos de corpo e alma no cafezinho. Sim, deixemos em todos os lugares este recado simples e vago:

— Ele saiu para tomar um café e disse que volta já.

Quando a bem-amada vier com seus olhos tristes e perguntar:

— Ele está? — alguém dará o nosso recado sem endereço. Quando vier o amigo e quando vier o credor, e quando vier o parente, e quando vier a tristeza, e quando a morte vier, o recado será o mesmo:

— Ele disse que ia tomar um cafezinho...

Podemos, ainda, deixar o chapéu. Devemos até comprar um chapéu especialmente para deixá-lo. Assim dirão:

— Ele foi tomar um café. Com certeza volta logo. O chapéu dele está aí...

Ah! fujamos assim, sem drama, sem tristeza, fujamos assim. A vida é complicada demais. Gastamos muito pensamento, muito sentimento, muita palavra. O melhor é não estar.

Quando vier a grande hora de nosso destino nós teremos saído há uns cinco minutos para tomar um café. Vamos, vamos tomar um cafezinho.

Rio, 1939

CRIME DE CASAR

    Um juiz desta capital, em longa sentença, que não li, condenou um homem a três anos e meio e uma mulher a dois anos. Ele, Demóstenes, está na Correção; ela, Maria, está no Reformatório das Mulheres Criminosas. Que fizeram esses dois? Que feio crime cometeram? Casaram-se. Por causa disso o juiz os condenou. Daqui a dois anos a criminosa reformada Maria sairá da cadeia; daqui a três anos e meio o criminoso corrigido Demóstenes será solto. Ambos voltarão para a sociedade dispostos a não se casarem nunca mais. E como o casamento deles ficou anulado, e como eles se amam, naturalmente irão viver amigados. E a sociedade ficará tranquila, e o juiz não os condenará mais.

    Esta é, em resumo, a história. Há um detalhe e esse detalhe foi que atrapalhou: Demóstenes já era casado, e Maria sabia disso. Aliás não foi propriamente esse detalhe que atrapalhou. O que atrapalhou mesmo foi outro detalhe. Demóstenes não é rico, e não teve dinheiro para ir ao Uruguai dar um jeitinho. Eu não quero concluir daí, em absoluto, que Demóstenes e Maria estão na cadeia porque são pobres. Mas talvez seja possível concluir que eles estão na cadeia porque são pobres soberbos. Se fossem pobres humildes fariam esta coisa simples: viveriam juntos. Mas os dois desde a infância ouviram dizer que casamento é uma coisa muito direita, e amigação é coisa feia. Casaram-se.

    O juiz os condenou, e fez muito bem, porque cumpriu a lei. A obrigação do juiz é cumprir a lei, eu sei disso;

e foi talvez por isso mesmo que há tempos, quando amigos incautos quiseram me nomear juiz, eu fiquei encabulado e não aceitei.

Não quero tirar dessa historieta triste esta moralidade imoral: que o melhor é não casar, é amigar. Há, no caso, esta moral elevadíssima, que certamente inspirou a lei e moveu o juiz: o melhor, para Demóstenes, era viver com sua esposa antiga, e para Maria, era casar com um homem solteiro. O único defeito desta moral elevadíssima é ser elevada demais: a vida humana nem sempre é possível nessas altitudes. Lá em cima, além, muito além da estratosfera, como diria Alencar, na região puríssima da moral absoluta, faz frio demais, e falta pressão: falta pressão sentimental. A vida humana não é possível sem uma certa pressão. Eu não digo isso por mim, que sofro de muita pressão (eis que sou um abafado), mas por Demóstenes.

Um amigo tenho eu que se casou há coisa de um mês. Encontrando-o, tive a falta de educação de pedir suas impressões. Ele me respondeu que estava gostando muito, mas muito mesmo. Disse que o casamento é uma grande coisa, que todo homem decente deve casar. E feliz, felicíssimo, exclamou:

— Francamente, estou entusiasmado. Se pudesse, eu me casaria todo mês!

Não cheguemos a tanto: neste caso há o que chamarei excesso de pressão. E a lei está aí. Dura lei, mas lei. Este brocardo é curto, mas em compensação não presta. A vida em si mesma já é tão dura que eu acho um exagero de mau gosto fazê-la ainda mais dura com a dureza da lei. Não creiam que eu seja favorável à moleza geral dos costumes;

apenas acho que jogar uma mulher por dois anos na cadeia, no meio de ladras e assassinas, só porque ela se casou com um homem casado é dureza muita, e demais. Quanto a Demóstenes, ele não enganou ninguém: Maria já sabia que ele era casado. Há tantos homens por aí presos e condenados porque não querem casar, mesmo ainda sendo solteiros, que eu lamento a perseguição feita a esse homem que fez questão de casar, mesmo já sendo casado. Na verdade, sinto que fiz muito bem em não querer ser juiz. Como simples cidadão, sou respeitador das leis: se fosse juiz, num caso desses, eu a desrespeitaria. E antes ser um bom sujeito que um mau juiz, penso eu.

Porto Alegre, julho, 1939

A casa do alemão

Foi meu prezado amigo e vizinho nesta página, Nilo Ruschel, que me contou. Quando chegamos lá ele mandou parar o carro:

— É ali.

Olhamos a pequena e estranha construção de cimento. Lá dentro havia um operário colocando tijolos. Estava estragada toda a literatura de Nilo Ruschel.

— Você disse que ele fazia tudo sozinho. Agora ele contratou um operário.

Mas no mesmo instante o operário virou a cabeça para nos olhar, inquieto. E vimos então sua grande cara barbuda, de uma grande barba ruiva:

— É ele mesmo!

Nesta hora em que escrevo, o alemão barbudo está lá, construindo, sozinho, a sua casa de cimento armado, em Petrópolis. Está sozinho, com sua barba imensa, fazendo a sua própria casa. Mora no pequeno porão. Até a cumeeira é de cimento armado. Sua história eu não sei. Dizem que foi ferido na Grande Guerra, ferido no corpo e no espírito. Depois emigrou. Deixou crescer a barba, talvez para esconder as cicatrizes do rosto. E para esconder as cicatrizes da alma se fez solitário. Trabalha em alguma parte – para viver. Mas a grande obra de sua vida é aquilo: a sua casa de cimento armado, sólida, pequena, invulnerável. Dizem que ele tenciona captar a eletricidade da atmosfera. Eu duvido. Duvido que o sólido alemão barbudo queira captar alguma coisa, seja na atmosfera, seja na terra, seja no mar. Em um de seus livros, Oswald de Andrade escreveu, caracterizando a confusão de São Paulo durante uma revolução: "Sou o único homem livre desta formosa cidade porque tenho um canhão no meu quintal". Durante os conflitos entre fascistas e socialistas, na Itália, foi preso Ercole Bambucci, futuro discípulo do mestre Julio Jurenito, porque armado de uma carabina dava tiros para os dois lados. No fim da Guerra da Espanha dizem que foi preso na fronteira da França um anarquista espanhol. Perguntaram-lhe se estava ao lado dos republicanos. Disse que não. Estava ao lado dos nacionalistas? Também não. Concluíram que o homem não tinha tomado parte na luta. Mas ele explicou, orgulhoso, com um profundo desprezo por nacionalistas e republicanos:

— Eu tinha um fuzil-metralhadora e lutava por conta própria...

O alemão barbudo de Petrópolis é um desses. Apenas ele não luta. Ele se defende por conta própria. O mundo está confuso. Povos invadem povos. Cidades são arrasadas. Canhões dão berros de morte, aviões despejam bombas, metralhadoras cortam carne. E ele sabe o que é uma guerra. Sua velha barba ruiva treme de espanto:

— "Eles" começam outra vez?

Onde irá parar o mundo? Que farão os homens que continuam se matando? Que vai acontecer? Então o velho barbudo exclama:

— Eu faço com minhas próprias mãos, sozinho, a minha casa onde vou morar sozinho. Eu mesmo faço os alicerces e ponho o cimento nas formas, e coloco tijolo sobre tijolo. Não pedi a ninguém para desenhar a minha casa nem peço a ninguém que me ajude. A casa é minha e para mim.

Sou apenas um homem. Faço-a com cimento, estranha como um túmulo, forte como um *block haus*. Os povos constroem linhas de cimento armado para se defenderem. Eu não sou um povo, eu sou um homem. Homens morrem aos milhares, aos milhões. Já vi homens morrendo, já matei homens. Não quero morrer. Nada espero da vida. Não preciso nem que o vento mexa em minhas barbas – e minha casa será tão dura, tão áspera que nenhum passarinho virá perto dela cantar. Não plantarei árvore nenhuma, nem levarei para dentro de minha casa nenhuma mulher. Com uma mulher eu poderia ter um filho, que mais tarde seria um homem. Evidentemente seria uma estupidez: há homens demais, e tantos que eles se matam. Eu sou um homem e na certa morrerei. Mas se a morte quiser me pegar, ela tem de vir me buscar dentro de meu forte de cimento armado. Quero viver. Quero viver cercado de cimento, eu comigo mesmo, dentro da minha toca de cimento que faço com minhas mãos, com meu suor, com minha força. Guerreie-se, arrebente-se, dane-se, estripe-se quem quiser. A humanidade continue se matando e gerando mais filhos que se matarão. Eu sou um homem, irredutivelmente um homem, um homem apenas – nada tenho a ver com a humanidade. Não quero saber de homens nem de mulheres, nem de borboletas, nem de coisa alguma. Faço a minha casa de cimento e moro dentro dela.

    Assim falaria o alemão barbudo. Mas na verdade não fala coisa alguma. Está calado, só, debaixo do sol, sujo, feroz, formidável, construindo com suas próprias mãos a sua casa de cimento!

Porto Alegre, outubro, 1939

Coração de mãe

O nome da rua eu não digo, e o das moças muito menos. Se me perguntarem se isso não aconteceu na rua Correia Dutra com certas jovens que mais tarde vieram a brilhar no rádio eu darei uma desculpa qualquer e, com meu cinismo habitual, responderei que não.

As moças eram duas, e irmãs. A mãe exercia as laboriosas funções de dona de pensão. Uma senhora que é dona de pensão no Catete pode aceitar depois indiferentemente um cargo de ministro da guerra da Turquia, restauradora das finanças do Reich ou poeta português. A pensão da mãe das moças era uma grande pensão, pululante de funcionários, casais, estudantes, senhoras bastante desquitadas. E não devo dizer mais nada: quanto menos se falar da mãe dos outros, melhor. Juntarei apenas que essa mãe era muito ocupada e que as moças possuíam, ambas, olhos azuis. No pardieiro pardarrão, tristonho, as duas meninas louras viviam cantarolando. Creio ser inevitável dizer que eram quase dois excitantes e leves canários belgas a saltitar em feio e escuro viveiro – e a mãe era muito ocupada.

A tendência das moças detentoras de olhos azuis é para ver a vida azul celeste; e a dos canários é voar. Mesmo sobre os casarões do Catete o céu às vezes é azul, e o sol acontece ser louro. Uns dizem que na verdade esse céu azul não pertence ao Catete, e sim ao Flamengo: a população do Catete apenas o poderia olhar de empréstimo. Outros afirmam que o sol louro é da circunscrição de Santa Teresa e da paróquia de

Copacabana; nós, medíocres e amargos homens do Catete, também o usufruiríamos indebitamente. Não creio em nada disso. A mesma injúria assacaram contra Niterói ("Niterói, Niterói, como és formosa", suspirou um poeta do século passado, que foi o dos suspiros) declarando que Niterói não tem lua própria, e a que ali é visível é de propriedade do Rio. Não, em nada disso creio. Em minhas andanças e paranças já andei e parei em Niterói, onde residi na rua Lopes Trovão, e recitava habitualmente com muito desgosto de uma senhorita vizinha:

"Caramuru, Caramuru, filho do fogo, mãe da rua Lopes Trovão!"

Já não me lembro quem me ensinou esses versinhos, aliás mimosos. Ainda hoje costumo repeti-los quando de minhas pequenas viagens de cabotagem, jogando miolo de pão misto às pobres gaivotas.

Ora, aconteceu que uma noite, ou mais propriamente, uma madrugada, a mãe das moças de olhos azuis achou que aquilo era demais. Cá estou prevendo o leitor a perguntar que "aquilo" é esse, que era demais. Explicarei que Marina e Dorinha haviam chegado em casa um pouco tontas, em alegre e promíscua baratinha. Certamente nada acontecera de excessivamente grave – mas o coração das mães é aflito e severo. Aquela noite nenhum hóspede dormiu: houve um relativo escândalo e muitas imprecações.

No dia seguinte pela manhã aconteceu que Marina estava falando ao telefone com voz muito doce e dona Rosalina (a mãe) chegou devagarinho por detrás e ouviu tropos que tais:

— Pois é... a velha é muito cacete. Não, não liga a isso não. É cretinice da velha, mas a gente tapeia. Olha, nós hoje vamos ao dentista às cinco horas. É...

"A velha..." Essa expressão mal-azada foi o início da tormenta. A conversa telefônica foi interrompida da maneira pela qual um elefante interromperia a palestra amorosa de dois colibris na relva. Verdades muito duras foram proferidas em voz muito alta. A "velha" vociferava que aquilo era uma vergonha e preferia matar aquelas duas pestes a continuar aquele absurdo. "Maldita hora – exclamou – em que teu pai foi-se embora." Assim estavam as coisas quando Dorinha apareceu no corredor – e foi colhida ou colidida em cheio pela tormenta. Houve ligeira reação partida de Marina, assim articulada:

— E a senhora também! Pensa que estou disposta a viver ouvindo desaforos? A senhora precisa deixar de ser...

Depois do verbo "ser" veio uma palavra que elevou dona Rosalina ao êxtase da fúria. As moças foram empolgadas em um redemoinho de tapas e pontapés escada abaixo, ao mesmo tempo que dona Rosalina berrava:

— Fora! Para fora daqui, todas duas!

("Todas duas" é um galicismo, conforme algum tempo depois observou um leitor da *Gramática expositiva superior* de Eduardo Carlos Pereira, residente naquela pensão, em palestra com alguns amigos.)

Outras palavras foram gritadas em tão puro e rude vernáculo que tentarei traduzi-las assim:

— Passem já! Vão fazer isso assim assim, vão para o diabo que as carregue, suas isso assim assim! Não ponham mais os pés em minha casa!

(O leitor inteligente substituirá as expressões "isso assim assim" pelos termos convenientes; a leitora inteligente não deve substituir coisa alguma para não ficar com vergonha.)

As moças desceram até o quarto sob intensa fuzilaria de raiva maternal, arrumaram chorando e tremendo uma valise e se viram empurradas até a porta da rua. Nessa porta dona Rosalina fez um comício que, mesmo contando os discursos do senhor Maurício de Lacerda na Primeira República e os piores artigos dos falecidos senhores Mário Rodrigues e Antônio Torres produzidos sob o mesmo regime, foi das coisas mais violentas que já se disseram em público neste país. O café da esquina se esvaziou; automóveis, caminhões e um grande carro da Limpeza Pública estacionaram na estreita rua. As duas mocinhas, baixando as louras cabeças, choravam humildemente.

*

Gente muito misturada etc. É assim que os habitantes dos bairros menos precários e instáveis costumam falar mal de nosso Catete. Mas uma coisa ninguém pode negar: nós, do Catete, somos verdadeiros *gentlemen*. O cavalheirismo do bairro se manifestou naquele instante de maneira esplendente quando a senhora dona Rosalina deu por encerrado, com um ríspido palavrão, o seu comício.

Em face daquelas mocinhas expulsas do lar e que soluçavam com amargura houve um belo movimento de solidariedade. Um cavalheiro – o precursor – aproximou-se de Marina e sugeriu que em sua pensão, na rua Buarque de Macedo, havia dois quartos vagos, e que elas não teriam de pensar no pagamento da quinzena. Um segundo a esse tempo sitiava Dorinha, propondo chamar um táxi e levá-la para seu apartamento, onde ela descansaria, precisava descansar, estava muito nervosa. A ideia do táxi revoltou alguns presentes, que ofereceram bons carros particulares.

De todos os lados apareceram os mais bondosos homens – funcionários, militares, estudantes, médicos, bacharéis, engenheiros sanitários, jornalistas, comerciários, seminaristas e atletas – fazendo os mais tocantes oferecimentos.

Um bacharel pela Faculdade de Niterói (então denominada "a Teixeirinha") que morava na própria pensão de dona Rosalina e que havia três meses não podia pagar o quarto, ofereceu-se, não obstante, para levar os dois canários até São Paulo, onde pretendia possuir um palacete. Ouvindo isso, um estudante de medicina que se sustentava a médias no Lamas tomou coragem e propôs conduzi-las para o Uruguai. Seria difícil averiguar por que ele escolheu o Uruguai; naturalmente era um rapaz pobre, com o inevitável complexo de inferioridade: ao pensar em estrangeiro não tinha coragem de pensar em país maior ou mais distante.

Em certo momento um caixeirinho do armazém disse que as moças poderiam ir morar com sua prima, em Botafogo. Essa ideia brilhante de oferecer uma proteção feminina venceu em toda a linha. Um jovem oficial de gabinete do Ministro da Agricultura sugeriu que elas fossem para casa de sua irmã. Um doutorando indicou a residência de sua irmã casada, e um tenente culminou com um gesto largo ofertando-lhes a proteção de sua própria mãe, dele. A luta chegou a tal ponto que um bancário, intrépido, ofereceu três mães, à escolha. Em alguns minutos as infelizes mocinhas tinham à sua disposição cerca de quinze primas, 23 irmãs solteiras, quatro tias muito religiosas, 41 irmãs casadas e 83 mães.

O mais comovente era ver como todos aqueles bons homens procuravam passar a mão pelas cabeças das mocinhas, e lhes dirigiam as palavras mais cheias de ternura e bondade cristã. Trêmulas e nervosas, Marina e Dorinha hesitavam. De qualquer modo a situação havia de ser resolvida. O cavalheiro que tinha conseguido parar o carro em local mais estratégico começou a empurrar docemente as moças para dentro dele, entre alguns protestos da assistência. Vários outros choferes pretenderam inutilmente fazer valer seus direitos – e até o motorista da Limpeza Pública quis à viva força conduzi-las para a boleia do grande caminhão coletor de lixo.

Foi então que, subitamente, dona Rosalina irrompeu de novo escada abaixo; desceu feito uma fúria, abriu caminho na massa compacta e agarrou as filhas pelos braços, gritando:

— Passem já para dentro! Já para dentro suas desavergonhadas!

Eis o motivo pelo qual eu sempre digo: não há nada, neste mundo, como o coração de mãe.

Rio, 1939

Nazinha

No meio da noite comum do jornal um colega de redação perguntou-me:

— Quinze anos – é menina ou senhorita?

Estava redigindo uma nota social e me propunha esse problema simples.

— Senhorita.

Ele ficou meio em dúvida e eu argumentei:

— Põe senhorita. Mocinha de quinze anos fica toda contente quando o jornal chama de senhorita...

Mas ele explicou:

— Essa, coitada, não vai ficar contente. É um falecimento...

E pôs "senhorita". E continuou a noite comum de jornal. Nem sei explicar por que pensei nisso no meu caminho de sempre, depois do trabalho, na rua vazia, de madrugada. Menina ou senhorita? Senti de repente uma pena gratuita daquela mocinha que morrera. Nem me dera ao trabalho de perguntar seu nome. Entretanto ali estava comovido... Oh!, Senhor, o Diabo carregue as meninas e senhoritas, e que elas morram aos quinze anos, se julgarem conveniente! Pensei vagamente assim, mas a lembrança daquele diálogo perdido na rotina do serviço de redação insistia em me comover. Senti simpatia pelo meu companheiro de trabalho por causa de sua expressão:

— Essa, coitada...

Bom sujeito, o Viana. E fiquei imaginando que no dia seguinte poderia ler no jornal o nome da mocinha e de seus pais. E que talvez um dia, por acaso, eu conhecesse esses pais. Ele seria um senhor de uns quarenta e cinco anos, moreno, bigodes malcuidados, a cara magra, os cabelos grisalhos. Ela seria uma senhora de quarenta e um anos, ou talvez apenas trinta e oito anos, vagamente loura, os olhos parados, a cara triste, talvez um pouco gorda, de luto, muito religiosa, meio espírita depois da morte da filha. E então eu lhes contaria que me lembrava bem dessa morte, e contaria a conversa da redação – mentindo talvez um pouco, inventando uma conversa mais comovida, para ser delicado. E eles chamariam a outra irmã, uma garota de seis ou sete anos, os olhos claros, e lhe diriam que fosse lá dentro buscar os retratos de Iná – poderia ser Iná, talvez com o apelido de Nazinha, o nome da filha morta. E viriam dois retratos: um aos treze anos, na janela da casa, rindo; outro aos nove anos, com a irmãzinha ao colo, muito séria. E então a mãe diria que só tinham aqueles dois retratos – que pena! e que gostava mais daquele dos nove anos:

— Não é, Alfredo? Está mais com o jeitinho dela...

O senhor Alfredo concordaria mudamente e eu me sentiria ali inútil, sem saber o que dizer, e iria embora. E talvez, depois que eu saísse, a mulher dissesse ao marido:

— Parece ser boa pessoa...

E isso não teria importância nenhuma, nem me faria ficar melhor nem pior do que sou. E nada disso acontecerá. Mas pensei em tudo isso andando na rua deserta e subindo as escadas para o meu quarto. E hoje, depois de tantos dias, senti vontade de escrever isso, talvez na vaga esperança de que o senhor Alfredo – esse homem qualquer que perdeu uma filha e que, não sei por que, eu penso que se chama senhor Alfredo – leia o que estou escrevendo.

"Senhor Alfredo. O senhor e sua senhora..."

Não, não vale a pena escrever aqui um bilhete ao senhor Alfredo. Vai ver que a mocinha era órfã de pai, e eu estarei tentando consolar um senhor Alfredo que nem existe, nem com esse nome, nem com nenhum outro. Vai ver que a mocinha era doente, talvez aleijada de nascença, e que sua morte foi, no dizer de sua própria mãe, "um descanso, coitada, para ela e para os outros". Oh, o Diabo carregue as meninas e senhoritas, e que elas morram, morram às dúzias, às grosas, aos milhões! Morram todas as pálidas Nazinhas, morram, morram, morram, e não me amolem, pelo amor de Deus!

Nazinha... Por que inventei para a moça esse nome de Nazinha? Agora eu a vejo nitidamente e, não sei por que, a imagino uns vinte e três dias antes de morrer, magrinha, os olhos claros, os cabelos castanho-claros, vestida de preto como se estivesse de luto antecipado por si mesma. Seus lábios são pálidos, e os dentes de cima um pouco salientes deixam a boca semiaberta, e ela tem um ar tímido, dentro de seu vestido preto, com meias de seda pretas, sapatos pretos, um ar tímido de quem estivesse pedindo uma esmola, a esmola de viver.

Nazinha... Reparo em seus sapatos pretos de salto alto (sapatos de moça, de senhorita, não de menina) e imagino que eles foram comprados pela mãe, que primeiro levou outro par que não servia porque estava apertando um pouco, e depois foi na loja trocar. E tudo isso me comove, essa simples história dos sapatos de Nazinha, desses sapatos com que ela foi enterrada. Pobres sapatos, pobre Nazinha. Pensemos em outra coisa.

São Paulo, agosto, 1942

Os mortos de Manaus

Febre tifoide, 6; difteria, 2; coqueluche, 2; sarampo, 1... lia automaticamente um folheto jogado sobre a mesa da redação.

Febre tifoide, 6; difteria, 2; coqueluche, 2... Pensei num pequeno grupo de engraxates que quase toda noite se reúne na esquina da avenida São João e Anhangabaú e canta sambas, fazendo a marcação com as escovas e as latas de graxa. São uns quatro ou cinco pretos que cantam assim pela madrugada, fazendo de seus instrumentos de trabalho instrumentos de música. Mas que poderia escrever sobre eles? Pensei também numa fita de cinema, num livro, numa determinada pessoa. Os assuntos passavam pela cabeça e iam-se embora sem querer ficar no papel. Febre tifoide, 6; difteria, 2; coqueluche, 2; sarampo, 1. São os mortos de Manaus. Apanhei o folheto e vi que era o Boletim Estatístico do Amazonas. Uma nota de estatística demógrafo-sanitária; as pessoas que faleceram em Manaus durante o primeiro trimestre do corrente ano. Larguei o folheto e continuei a procurar assunto.

Aquela notícia dos mortos de Manaus me fez lembrar um poema de Mário de Andrade sobre o seringueiro; Mário de Andrade me fez pensar em uma outra pessoa que também vi várias vezes no bar da Glória e essa outra pessoa me fez pensar em uma tarde de chuva; isso me lembrou a necessidade de comprar um chapéu, o chapéu me fez pensar no lugar onde o deixei e, logo depois, numa canção negra cantada por Marian Anderson: "eu tenho sapatos, tu tens sapatos..." Nessa altura a preocupação de encontrar um assunto fez voltar meu pensamento para os engraxates da avenida São João; mas logo rejeitei essa ideia.

E na minha frente continuava o folheto sobre a mesa: febre tifoide, 6; difteria, 2; coqueluche, 2... Sim, eu voltava aos mortos de Manaus. Ou melhor, os mortos de Manaus voltavam a mim, rígidos, contados pela estatística, transformados apenas em números e nomes de doenças. Ao todo 428 pessoas mortas em Manaus durante o primeiro trimestre do ano de 1940. Que doença matou mais gente? Senti curiosidade de saber isso. O número mais alto que encontrei foi 73; diarreia e enterite. Com certeza na maior parte crianças. Morrem muitas crianças dessas coisas de intestinos no Brasil. Dizem os médicos que é por causa da alimentação pouca ou errada, pobreza ou ignorância das mães. Eis uma coisa que não chega a me dar pena porque me irrita: o número de crianças que morrem no Brasil.

Lembro-me que certa vez juntei uma porção de artigos médicos sobre o assunto e escrevi uma crônica a respeito. Mas já nem sei exatamente o que os médicos diziam. O que me irrita é o trabalho penoso das mulheres, o sacrifício inútil de dar vida a tantas crianças que morrem logo. Agora me lembro de um trecho da tal crônica: eu dizia que a indústria nacional que nunca foi protegida é a indústria humana, de fazer gente. Preferimos importar o produto em vez de melhorar a fabricação dele aqui. Não se toma providência para aproveitar o produto nem para que ele seja lançado em boas condições no mercado. A lei só cuida de que ele não deixe de ser fabricado. Fabricação de anjinhos em grande escala!

Que morram aos montes as crianças: mas que nasçam aos montões! É brutal.

Mas afinal seriam mesmo crianças, na maior parte, aquelas 73 pessoas? Nem disso tenho certeza. Vamos ver qual é a outra doença que mata mais gente. Passo os olhos pela lista. É impaludismo: 60. Depois tuberculose, 51. Depois nefrites, 32. Noto que houve dois suicidas e dois assassinados. E 19 mortos por "debilidade congênita". É a tal fabricação a grosso de gente. Fico pensando nesses débeis congênitos de Manaus. Tenho o desejo cruel de assistir a um filme em que os visse morrer: um filme feito em janeiro, fevereiro e março de 1940 em Manaus. Muito calor, chuvas. Dezenove crianças imobilizando seus corpinhos magros nos bairros pobres. Vejo esses corpinhos que não possuem força para crescer, para viver: vejo esses pequeninos olhos que ficam parados. Dezenove enterros: "debilidade congênita". Se nos cinemas aparecessem uns complementos nacionais feitos assim, cruelmente, o povo que à noite vai aos cinemas se divertir ficaria horrorizado e amargurado. Que pensamento de mau gosto!

Penso nesses 60 mortos de impaludismo, nesses 51 mortos de tuberculose e tenho uma visão de seus corpos magros, enfim cansados de tremer, enfim cansados de tossir, sendo levados para o cemitério em dias de chuva, um após o outro. Sem febre mais: frios, frios, amarelados, brancos, míseros corpos de tuberculosos, de impaludados.

Lepra, 18; câncer e outros tumores malignos, 10; tumores não malignos, 2. Esse negócio de medicina tem lá os seus humorismos: que estranhos tumores são esses não malignos porém assassinos! Broncopneumonia, 24; doenças do fígado e das vias biliares, 24; disenteria bacilar, 5; doenças do parto, 5; gripe, 6; sífilis, 3; apendicite, 1... A lista é grande. Das 428 pessoas falecidas 235 eram do sexo masculino e 193 do sexo feminino. Ainda bem que os homens morrem mais: 235 homens mortos, 193 mulheres mortas no primeiro trimestre de 1940 em Manaus.

De um modo geral não há nisso nada demais: está visto que as pessoas têm mesmo de morrer. Que morram. Se a gente começa a pensar muito nessas coisas, passa a vida não pensando em mais nada. Então por que esses mortos de Manaus vêm se instalar na minha mesa, sub-repticiamente, esses mortos de Manaus sem nomes, numerados de acordo com suas doenças, na última página de um boletim de estatística? Enquanto eu procurava assunto e ouvia o samba dos engraxates e via o bar da Glória, e pensava em comprar um chapéu, esses mortos de Manaus me espreitavam certamente, esses 428 mortos absurdos de uma distante Manaus, esses impiedosos desconhecidos mortos me olhavam e expunham no boletim suas mazelas fatais e sabiam que eu não lhes poderia fugir.

Viajaram longamente no seio desse boletim, cada um com o nome de sua doença – o nome de sua morte – pregado na testa; esperaram meses até que eu os visse; o acaso os trouxe para cima de minha mesa; e eles se postaram ali, inflexíveis, reclamando atenção, anônimos, frios, mas impressionantes e duros.

Eu não tenho nada a ver com os mortos de Manaus! Tu nada tens a ver com os mortos de Manaus! Não importa: os mortos de Manaus estão mortos e existem mortos, devidamente registrados, com suas doenças expostas, impressos em boletim, contados e catalogados! Os mortos de Manaus existem: são 428 mortos que morreram em janeiro, que morreram em fevereiro, que morreram em março do ano de 1940.

Eles existem, eles não estão apenas jogados sobre a minha mesa, mas dentro de mim, mortos, peremptórios, em número de 428. Há dois que morreram por causas "não especificadas", mas nem por isso estão menos mortos que os outros, certamente. Os mortos de Manaus! Eles estão jogados sobre a mesa, e a mesa é vasta e fria como a tristeza do mundo, e eu me debruço, e eles projetam sobre minha alma suas 428 sombras acusativas. Sim, eu percebo que estão me acusando de qualquer coisa. Um deles – talvez um daqueles amargos e cínicos assassinados ou, espantosamente, apenas uma criança congenitamente débil – um deles não está tão grave como os outros e ri para mim de modo tranquilo mas terrível. E murmura:

"Pobre indivíduo, nós aqui te estamos a servir de assunto, e nós o sabemos. À nossa custa escreves uma coisa qualquer e ganhas em troca uma cédula. Talvez a nossa lembrança te atormente um pouco, mas sairás para a rua com esta cédula, e com ela te comprarás cigarros ou chopes, com ela te movimentarás na tua cidade, na tua mesquinha vida de todo dia. E o rumor dessa vida, e o mofino prazer que à nossa custa podes comprar te ajudará a esquecer a nossa ridícula morte!"

Assim fala um deles, mas sem muita amargura. São 428, e agora todos guardam silêncio. Mas esse silêncio de 428 mortos de verão em Manaus é tão pesado e tenso que eu percebo que acima desses intranquilos ruídos do tráfego das ruas da cidade por onde daqui a pouco andarei, acima de algumas palavras que me disserem, ou de ternura, ou de aborrecimento, acima dos diurnos ou noturnos sons da vida, e do samba dos engraxates, e das músicas dos rádios do café onde entrarei, e das palavras de estranhos, perdidas nas esquinas, e do telefone e de minha própria voz, acima de tudo estará esse silêncio pesado. Estará sobre tudo como pesada nuvem pardo-escura tapando o céu de horizonte a horizonte, grossa, opressora, transformando o sol em um pesado mormaço. Os sons e as vozes da vida adquirem um eco sob essa tampa de nuvem grossa, pois essa nuvem é morta e está sobre todas as coisas.

    Arredai, mortos de Manaus! Seja o que for que tiverdes a dizer, tudo o que me disserdes será tremendo, mas inútil. Eu me sentia em vossa frente inquieto e piedoso, mas sinto que não quereis minha piedade: os vossos olhos, os vossos 428 pares de olhos foscos me olham imóveis, acusadores, obstinados. Pois bem! A mais débil de todas as brisas do mundo, a mais tímida aragem da vida dentro em pouco vos afastará, pesada nuvem de mortos! Sereis varridos como por encanto para longe de minha vida e de minha absurda aflição. A força da vida – sabei, oh mortos – a força de vida mais mesquinha é um milagre de todo dia. Eu não tenho culpa nenhuma, e nada tenho a ver convosco. Arredai, arredai. Eu não tenho culpa de nada, eu não tenho culpa nenhuma!

São Paulo, setembro, 1940

Temporal de tarde

O rádio de experiência me dá a hora certa: exatamente dezessete horas e cinquenta e seis minutos. Depois começa a roncar de tal jeito que tenho medo de que ele arrebente, e desligo.

Olho os telhados sujos e lamentáveis sob a chuva. As chaminés do Brás expulsam penosamente sua fumaceira pesada no ar encharcado e ruim. O céu está pesado, baixo, sobre a cidade sórdida, a cidade que trabalha. De minha janela dos fundos para leste a cidade é chata e desagradável: casas baixas de pobres, e fábricas, usinas; ruas onde passam caminhões, carroças, gente suja, crianças sujas. De minha janela da frente para oeste ainda se trabalha; mas é trabalho relativamente limpo, em lojas e escritórios. Estou no limite: alguns metros além o mercado ergue sua cúpula sobre as mercadorias, os bichos, as carnes, os legumes, os peixes mortos, o esforço de pequenos lavradores, pequenos comerciantes vorazes, carregadores suados. Caminhando para o ocidente encontrareis muitas pessoas que possuem bom gosto artístico, levam uma vida macia e amam ouvir sonatas. Eu sou o último desses patifes – e um dos perdoáveis, talvez o menos inocente e o mais melancólico. Lá em baixo há lama. A cidade dos que trabalham recebe quieta porém carrancuda a agressão covarde das nuvens: a chuva furiosa, cruel, a chuva que essas nuvens parecem cuspir com força e desprezo sobre casas feias e a humanidade feia.

Não sou inimigo da chuva. Quando tinha dez anos ia a cavalo por um caminho aberto no mato bruto, e a tempestade rebentou de repente, num estrondo, num fuzilamento furioso. Tudo escureceu e as grandes árvores uivavam no vento. Um raio caiu perto do caminho: o cavalo alucinado empinou e desembestou, louco. Então o caminho era pouco mais que uma picada, e os galhos e garranchos me batiam na cara, ameaçavam me agarrar pela cabeça, me furar os olhos, me lançar no chão. Lembro-me que senti uma raiva selvagem, e quando o cavalo desembocou na estrada larga galopando na terra fofa e perigosa eu dava gritos de gozo e de raiva. Também no mar já enfrentei, em canoa, dois temporais vomitados com raiva pelo sudoeste – na proa. E a fúria da água e do vento me exaltavam o ódio para a ação.

Agora, porém, sou como um funcionário público e estou metodizado, amolecido e irritado pela eterna vida urbana. Essa chuva que não chega a ser violenta me dá uma sensação de impotência e muda meu tédio em um desespero medíocre. Sinto nessa chuva deliberada maldade, uma intenção ruim de castigar a cidade não pelos seus vícios, mas pelo seu trabalho, pela sua miséria, pela fealdade de sua vida crivada de aborrecimentos.

Seis e tanto. A esta hora as comerciárias estão dispersas pela cidade, acossadas pela chuva forte e irritante, paralisadas longe de seus bondes. Em geral são feias ou pelo menos neutras – mas existem algumas que são mulheres de peregrina beleza. A chuva não faz a menor diferença. O que faz diferença é que umas estão com os sapatos furados e encharcam os pés – os pés cansados das que trabalham em certas lojas em que é proibido sentar. Nessas lojas as moças devem estar bem pintadas, bem penteadas, ter bons dentes, trazer as unhas limpas e sorrir. Há outras menos exigentes.

Como não chove há três dias, e hoje o tempo estava bom, nenhuma dessas comerciárias que moram longe podia honestamente prever que chovesse hoje. Estão, portanto, desprevenidas, e enquanto umas correm molhadas pelos viadutos e ruas desabrigadas outras esperam interminavelmente sob algum toldo repleto e incômodo, na esperança de que a chuva passe logo. Ah! muito se enganam. Eu conheço essas chuvas, e eu digo com uma certeza feroz que choverá e choverá até dez horas da noite, até onze horas da noite. Se eu pudesse subir até a cidade e declarar isso pessoalmente a oitocentas, a novecentas comerciárias que se postam sob toldos e marquises ou em portas de cafés e farmácias – elas me achariam desagradável e não me acreditariam. Essas moças, principalmente as magras, principalmente as feias, sabem esperar, são técnicas em esperança, que alimentam com os pobres recursos de seus sentimentos contrariados.

A chuva enfraquece um pouco – e nisto há pior crueldade. Assim ela evita cuidadosamente ser dramática, não se torna um espetáculo. Ela apenas chove, chove com firmeza, chove para molhar, e molha completamente. Várias moças deixam a proteção dos toldos, e muitos toldos se recolhem canalhamente. As moças se arriscam à rua, e a chuva aumenta em rajadas para ensopar os seus vestidos, para castigá-las.

Os bondes que elas esperam ainda estão roncando em ruas distantes. Chegarão já superlotados – ah! não se iludam! – chegarão cheios, incômodos, os bancos molhados, com mulheres gordas em pé lá dentro agarrando crianças e homens encharcados nos estribos. E sobretudo – oh! comerciárias, oh!

patetas e iludidas – não pensem que aquele bonde seja o de vocês, o de vocês ainda vai demorar muito.

Algumas comerciárias tossem, outras tossirão mais tarde. Declaro cinicamente que várias ficarão tuberculosas. Umas conquistam lugar num bonde apertadíssimo, e sentem-se esfalfadas e completamente molhadas, mas de algum modo agradecidas ao destino que lhes deu um lugar naquele bonde.

Um homem chega-se demais para junto de uma comerciária, encosta a perna na sua perna, o joelho no seu joelho. Olha nos olhos a comerciária, que afasta os olhos aborrecida pela intrusão brutal. Enquanto o bonde se arrasta ela está pensando nos 14$500 que não tem para comprar aquele remédio, na amiguinha que ficou de ir no sábado e não foi, na necessidade de ir amanhã na casa do tio buscar o guarda--chuva que esqueceu lá no domingo. E o bonde se arrasta e para, irritado, atrás de outros bondes também cheios, também molhados e lerdos.

Uma comerciária começa a tossir uma tosse tão incômoda e nervosa que alguns passageiros e passageiras olham; ela para de tossir, começa outra vez, está mortificada pensando nos dois quarteirões e meio que terá de andar a pé do ponto de bonde até em casa. Sempre aqueles mesmos dois quarteirões e meio, a garagem suja, o açougue com a conta atrasada, o botequim cheio de negros e moscas, as mesmas imagens todo o dia no caminho de casa e em casa...

Seis e vinte e três... Há comerciárias que chegaram em casa, outras que estão em bondes e ônibus, outras andam na rua sob a chuva, outras esperam enervadas, esperam. Cerca de dezoito em diferentes pontos da cidade estão com dor de dente, sendo que doze estão com dor de dente insuportável e oito terão sinusite. Há algumas que são doentes, outras que foram noivas e não são mais, outras já ganharam 160 mil-réis e agora nesse emprego novo estão ganhando 110, outras que são feias e há dois anos e meio não são mais virgens, outras que moram em casa de uma família oriunda da mesma cidade do interior (Agudos), outras que não precisam dar nenhum dinheiro em casa e gastam tudo o que recebem em vestidos e bobagens, outras que roubam dos patrões, outras que tinham marcado encontro com namorados e não foram, outras que estão engordando demais, outras que estão aborrecidas porque o rapaz que é revisor de um jornal e que ficara de arranjar convite para o baile, não arranjou coisa alguma aquele chato, outras que sonham com aprender inglês e taquigrafia e jamais aprenderão nem isso nem qualquer outra coisa, e, embora sejam agora relativamente bonitas, morrerão feias e desagradáveis, velhas, em um futuro cinzento e frio. Para maior desespero há cinco ou oito ou mesmo treze que são felizes, são irritantemente felizes – mas não, mesmo as que estão com seus amados, nenhuma neste instante é feliz; eu me revolto contra o pensamento de que alguma possa ser feliz, mesmo as felizes terão doenças, tristes e cruas doenças que as torturarão, as pobres patetas!

Sete e vinte, a chuva aperta, a chuva aumenta. Que chova, que chova eternamente sobre esses telhados miseráveis, sobre essa cidade de cimento, sobre as ruas sujas. Chovendo quarenta dias e quarenta noites, quarenta dias escuros e quarenta grandes noites negras, as águas subirão pelas paredes, lamberão e engolirão os telhados pobres e subirão, e todas as comerciárias morrerão afogadas. As comerciárias, os cães hidrófobos, os cirurgiões-dentistas civis e militares, os corretores de imóveis, as cozinheiras de forno e fogão, todos os urbanos, todos os suburbanos. Eu tomarei a minha canoa, a minha velha canoa, e remarei com força. Eu remarei suando contra os ventos hidrófobos do quadrante sul, eu remarei entre os corpos já irreconhecíveis dos capitalistas italianos e dos trabalhadores rurais de Sergipe que estavam na Hospedaria dos Imigrantes, eu remarei, eu remarei sob o céu que vomitará água em borbotões sobre os corpos das inspetoras sanitárias e dos fiéis de bancos estrangeiros, eu remarei, eu remarei ferozmente. Os peixes já terão morrido de infecção e eu não poderei pescar.

São Paulo, dezembro, 1941

Conheça outros títulos de Rubem Braga publicados pela Global Editora

Recado de primavera

Recado de primavera reúne crônicas de Rubem Braga em sua maioria publicadas na *Revista Nacional* e no *Correio do Povo*, de Porto Alegre. Elas abarcam um amplo leque de assuntos: mulheres, a rainha Nefertite, a Revolução de 1932, o diário secreto de um homem subversivo e – uma das predileções do cronista – as belezas que a natureza oferece aos olhos de quem sabe admirá-la, como as nuvens, os passarinhos e o brilho das estrelas sobre o mar.

Neste livro, um dos últimos que Braga publicou em vida, o cronista comprova mais uma vez sua sensibilidade única para narrar um fato, dividir uma impressão pessoal e compartilhar com seus leitores um pouco de seu modo leve e, ao mesmo tempo, perspicaz, de sentir e de ler o mundo.

Ai de ti, Copacabana!

Nas crônicas "A minha glória literária" e "Nascer no Cairo, ser fêmea de cupim", como em tantas outras deste clássico livro que é *Ai de ti, Copacabana!*, Rubem Braga destila o melhor de seu humor e de sua tão particular maneira de enxergar as múltiplas paisagens do mundo. Este seu novo modo de narrar histórias fez da crônica no Brasil um gênero tão importante quanto qualquer outro, como a poesia, o conto ou o romance.

Ai de ti, Copacabana, porque os badejos e as garoupas estarão nos poços de teus elevadores, e os meninos do morro, quando for chegado o tempo das tainhas, jogarão tarrafas no Canal do Cantagalo; ou lançarão suas linhas dos altos do Babilônia. (Da crônica "Ai de ti, Copacabana!")

O POETA E OUTRAS CRÔNICAS DE LITERATURA E VIDA

Nestas crônicas, todas inéditas em livro, Rubem Braga destila seu humor característico de cronista maior da literatura brasileira para falar de uns tantos amigos e companheiros de jornada: Monteiro Lobato, Graciliano Ramos, Clarice Lispector, Vianna Moog, Aníbal Machado, Álvaro Moreyra, Carlos Drummond de Andrade, Mario Quintana, José Lins do Rego, Manuel Bandeira, Mário Pedrosa, Agrippino Grieco, Joel Silveira e outros de mesma envergadura. São, em sua maioria, romancistas, poetas, críticos, contistas, jornalistas e outros profissionais do mundo da literatura com os quais ele trabalhou ou conviveu. São personagens de um tempo que não perderemos de vista tão cedo, exemplos de vida e arte que aqui se mostram grandes e heroicos na sua verdade – e na visão do irônico e insuperável cronista.